Ein MINI Fall für dich und das

Tiger-Team

Der Karate-Kicker

Rate-Krimi-Serie von
THOMAS BREZINA

Illustrationen von
Naomi Fearn

Schneiderbuch
EGMONT

Ein Mini-Fall für dich und das Tiger-Team bei Schneiderbuch:

Band 1: Das Mammut im Eis
Band 2: Der Feuerdrache
Band 3: Das Geheimnis der Glückskatze
Band 4: Die Suche nach dem Teufelsfisch
Band 5: Die Insel des T-Rex
Band 6: Der Ritt durch das Geistermoor
Band 7: Der Schatz in der schwarzen Festung
Band 8: Die Rüstung des Drachentöters
Band 9: Der Karate-Kicker

1. Auflage

verlegt durch EGMONT Verlagsgesellschaften mbH
Gertrudenstraße 30–36, 50667 Köln

Titelbild und Illustrationen: Naomi Fearn
Umschlaggestaltung: PPP unter Verwendung eines Layouts
von Maximilian Meinzold, München
Printed in Germany (670421)
ISBN 978-3-505-13821-8

www.schneiderbuch.de

MIX
Papier
FSC FSC® C083411

Hallo!

Manche Leute halten uns für mini.

Aber in jedem von uns steckt etwas von einem

Zusammen sind wir das Tiger-Team!

Biggi

Ich bin schnell wie ein Tiger.
Ich sammle alles. Am liebsten Bilder mit lustigen Grimassen. Und Vogelfedern. Und Haargummis. Außerdem laufe ich gern. Ich habe sogar schon einen Junior-Marathon geschafft.

Luk

Ich bin schlau wie ein Tiger.
Meine Eltern stöhnen immer, weil ich so gern Experimente mache. Und oft überschwemme ich das Badezimmer. Ich sammle ferngesteuerte Autos und Flugzeuge und liebe Nougat-Eis.

Patrick

Ich bin stark wie ein Tiger.
Am liebsten mag ich Sport, weil ich sonst schnell pummelig werde. Mein Kaninchen Benny mag ich auch sehr. Außerdem alle Spiele. Und Pizza.

Und wer bist du?

Schreib hier etwas über dich!

Ich bin
stark und
schnell wie
ein Leobad.
Ich esse
am liebsten
Pizza.

TOP-WICHTIG

Du bist jetzt mit uns unterwegs ins Abenteuer.

Rate mit! Finde die richtigen Antworten!

Nimm den Decoder und lege ihn hier flach auf. Dann langsam drehen.

Für jede richtige Antwort trag einen Punkt auf deiner Fallkarte ein. Du findest sie auf Seite 101.

HILFE!

Patrick flitzte gerade auf dem Fahrrad durch die Stadt, als sein Handy klingelte. Er hielt an, nahm es aus seiner Tasche und meldete sich: „Hier Patrick, was gibt's?"

Am anderen Ende war Biggi.

„Luk und ich gehen ein Eis essen. Kommst du mit?"

„Kann nicht, hab heute mein Spezialtraining!", sagte Patrick ungeduldig.

Biggi verstand nicht, wovon er redete. „Spezialtraining? Was ist das?"

„Ich habe eine Trainingsstunde mit Uwe Grill gewonnen. Das weißt du doch."

„Mit Uwe Grill, dem Fußballer?", fragte Biggi ungläubig.

„Nein, mit Uwe Grill, dem Wurstverkäufer. Er zeigt mir, wie man mit Würstchen Tore schießt!"

„Ha, ha, ha!", machte Biggi, die das überhaupt nicht lustig fand.

„Ja, die Trainingsstunde habe ich beim Fest des FC Mühlheim gewonnen. Ich bin spät dran. Also kein Eis. Tschüss!" Patrick wartete Biggis Antwort erst gar nicht ab, sondern schwang sich wieder auf den Sattel und radelte weiter.

Ein paar Kilometer entfernt sagte Biggi zu Luk: „Unser Super-Kicker bekommt heute ein Spezialtraining. Wir trainieren also ohne ihn, Eis zu essen."

Grinsend stand Luk von der Parkbank auf und schlenderte mit Biggi zur Eisdiele.

Biggi wählte drei Kugeln Haselnuss, Luk Stracciatella, Zitrone und Nougat. Die beiden zuckten erschrocken zusammen, als sie jemanden um Hilfe rufen hörten. Es war eine Frauenstimme, die sehr verzweifelt klang.

Neugierig reckten die Leute die Köpfe, aber niemand bewegte sich, um etwas zu unternehmen.

„Los, komm!", sagte Biggi zu Luk.

Sie liefen in die Richtung, aus der der Schrei erklungen war, konnten aber nichts entdecken.

„Da hat vielleicht jemand nur Spaß gemacht", meinte Luk.

„Hilfeeee!“, ertönte es da wieder. Ein Klirren und Poltern folgte. Nach Spaß klang das nicht.

In der Straße reihte sich ein Laden an den anderen. Da es ein glühend heißer Sommertag war, standen die meisten Eingangstüren offen. Die Tiger mussten wohl in jeden Laden laufen und nachsehen.

FRAGE AN DICH

In welchem Laden könnte etwas Schreckliches im Gange sein?

DER KARATE-KICKER

Luk und Biggi wechselten fragende Blicke. Was jetzt?

Abermals zerbrach etwas klirrend im Laden. Biggi riskierte einen Blick durch die offene Tür.

Luk konnte ihr ansehen, dass etwas Unfassbares im Gange sein musste. Neugierig blickte er über Biggis Schulter.

An die hintere Wand des Ladens gepresst, stand eine hagere Frau mit Spitzenbluse und hatte die Hände vors Gesicht geschlagen. Sie rang zitternd nach Luft und brachte vor Angst keinen Ton heraus.

Der Grund war ein Kämpfer, wie ihn die Tiger noch nie gesehen hatten. Er trug weite Fußballerhosen und ein Trikot mit der Spielernummer 10. Wild trat er mit den Füßen und schlug mit den Handkanten um sich. Jeder Schlag traf und ließ noch mehr Porzellan in Trümmer gehen.

Regalbretter lagen auf dem Boden, geknickt wie Grashalme. Und überall Scherben, Scherben, Scherben.

Bisher hatte der geheimnisvolle Kicker den beiden Tigern den Rücken zugekehrt.

„Kinder, rettet euch!", rief die Verkäuferin panisch.

Der Karate-Kicker fuhr herum. Er hatte ein schwarzes Tuch vor die Augen gebunden und blinzelte durch kleine Schlitze. Nachdem er Luk und Biggi ein paar Sekunden grimmig angestarrt hatte, setzte er stumm sein Werk fort. Zwei hohe Bodenvasen mussten noch dran glauben, bevor er Anlauf nahm und mit gesenktem Kopf auf die Tiger zurannte.

Erschrocken wichen die beiden zur Seite und spürten den Luftzug, als der Kicker an ihnen vorbeistürmte. Mit großen Schritten ergriff er die Flucht.

Biggi und Luk waren einen Moment starr vor Schreck. Als sie auf die Idee kamen, ihn zu verfolgen, war er bereits in einer Seitengasse verschwunden.

Biggi lief ihm trotzdem hinterher. Als sie um die Ecke bog, sah sie aber nur in eine leere Gasse. Sie wartete hinter der Mauerkante und guckte immer wieder. Der Karate-Kicker ließ sich jedoch nicht mehr blicken.

Schließlich ging Biggi zu Luk zurück, der vor dem Laden auf sie wartete. Die Verkäuferin war auf die Straße getaumelt, hielt sich an der Tür fest und schluchzte leise.

Hilflos stand Luk daneben. Wie konnte er sie trösten?

Etwas ging ihm nicht aus dem Kopf: Dieser komische Karate-Kicker hatte etwas nicht getan, was jeder andere Karate-Kämpfer immer tat.

FRAGE AN DICH

Was ist das?

TIGER-TEAM TIPP

Wichtige Hinweise findest du ab Seite 106.

DIE ERSTE SPUR

Mit Blaulicht und Signalhorn traf die Polizei ein. Die Verkäuferin führte die beiden Beamten in den Laden und erzählte dort stockend: „Er stand auf einmal da … ich habe gar nicht bemerkt, wie er den Laden betreten hat. Gesprochen hat er nichts. Kein Wort. Er hat sofort begonnen, alles zu zertrümmern."

Kopfschüttelnd über so viel Brutalität nahm einer der beiden Polizisten den Vorfall auf. Der andere sah sich am Tatort genauer um.

„Er sucht bestimmt nach Spuren, die der Kicker hinterlassen hat", erklärte Luk.

Biggi schnitt ihm eine Grimasse. „Nein, wirklich? Ich dachte, er will jetzt ein Puzzle zusammensetzen!"

Die Polizisten gaben eine Suchmeldung nach dem Karate-Kicker an alle Funkstreifen durch und beruhigten die schockierte Verkäuferin.

„Aber wer ersetzt mir die kaputten Sachen?“, jammerte sie.

„Sind Sie versichert?“, wollte einer der Polizisten wissen.

Die Verkäuferin nickte mit kläglichem Lächeln. „Ja ... aber ich weiß nicht, ob ich gegen einen Karate-Kicker versichert bin.“

Luk entdeckte drei Spuren auf dem Boden. Es waren Abdrücke von Schuhen. Vor dem Laden war eine Pfütze, durch die die Kunden gelaufen sein mussten. Luk war klar, welcher Schuhabdruck vom Karate-Kicker stammte. Daneben entdeckte er ein Stückchen getrocknete Erde, das aus dem Profil der Sohle gefallen sein musste.

Aus seiner Spezialtasche holte er ein Plastiksäckchen, und mit einem Holzspachtel beförderte er die Erde hinein.

Die Polizisten bemerkten ihn und forderten ihn auf, den Laden zu verlassen.

„Die beiden Kinder haben den Kicker auch gesehen", rief die Verkäuferin. „Fragen Sie die zwei!"

Luk und Biggi erzählten kurz und sachlich, was sie beobachtet hatten, und wurden dafür von den Polizisten sehr gelobt.

„Ich habe eine Schmutzspur entdeckt, die der Kicker hinterlassen hat", sagte Luk.

Der Polizist nickte zerstreut, weil er gerade einen Funkspruch bekam. Er hatte nun Wichtigeres zu tun und wandte sich ab.

„Na ja, wollte es nur sagen", brummte Luk.

2
1
3

„Das müssen wir Patrick erzählen", meinte Biggi. Gleich darauf erinnerte sie sich aber an seine Trainerstunde mit Uwe Grill. Patrick war bestimmt nicht erreichbar, und die nächsten drei Tage würde er über nichts anderes reden als über den Spitzenfußballer. Trotzdem versuchte es Biggi und rief ihn an. Zu ihrer großen Überraschung meldete sich der Tiger.

FAULE AUSREDE

„Er ist nicht gekommen", knurrte Patrick ins Handy. Er stand noch immer am Eingang des Trainingsplatzes des FC Mühlheim. Es war bereits 16.45 Uhr. Für 16 Uhr war das Training mit Uwe Grill vereinbart gewesen.

„Hast du noch Zeit, ins Geheimversteck zu kommen?", fragte Biggi.

„Ja, habe ich", sagte Patrick schlecht gelaunt. Er hatte sich so sehr auf das Training gefreut. Da er aber nicht länger warten wollte, schwang er sich auf sein Rad.

Gerade als er losfahren wollte, kam ein schwarzer Sportwagen um die Ecke und hielt mit quietschenden Reifen. Heraus sprang Uwe Grill, der mit großen Schritten auf den Eingang des Trainingsplatzes zueilte. Er warf einen Blick auf seine Armbanduhr und schimpfte leise vor sich hin.

Zuerst wollte sich Patrick nicht bemerkbar machen, dann überlegte er es sich aber anders. Er holte tief Luft und rief: „Hallo! Ich bin Patrick. Ich habe bis jetzt gewartet."

Uwe Grill drehte sich zu ihm um und machte ein sehr zerknirschtes Gesicht. „Tut mir so leid, Mann. Ich … meine Garage … das heißt … Reifenpanne. Musste den Reifen wechseln. Daher meine Verspätung. Aber ich … ich habe jetzt …"

Das Tor des Fußballplatzes wurde geöffnet, und das zerknitterte Gesicht von

Stefan Beinlauch tauchte auf. Er war der Trainer des FC Mühlheim.

„Uwe, umziehen!“, kommandierte er, als wäre Uwe Grill ein kleiner Junge. „Um fünf ist Training. Wir haben bald das Meisterschaftsspiel. Vielleicht hast du vergessen, dass wir um den ersten Platz spielen.“

„Komme schon!“, versicherte Uwe Grill dem Trainer. Zu Patrick gewandt sagte er leise: „Mann, der Beinlauch erinnert mich immer an einen alten Oberlehrer. Tut mir echt leid wegen des Trainings. Wir holen das nach. Nach dem Meisterschaftsspiel!“

Er klopfte Patrick kameradschaftlich auf die Schulter, holte eine Sporttasche aus dem Kofferraum des Wagens und verschwand durch das Tor. Zurück blieb ein Tiger, der zur Hälfte wütend und zur Hälfte sehr erstaunt war.

FRAGE AN DICH

Was hat Patrick so erstaunt?

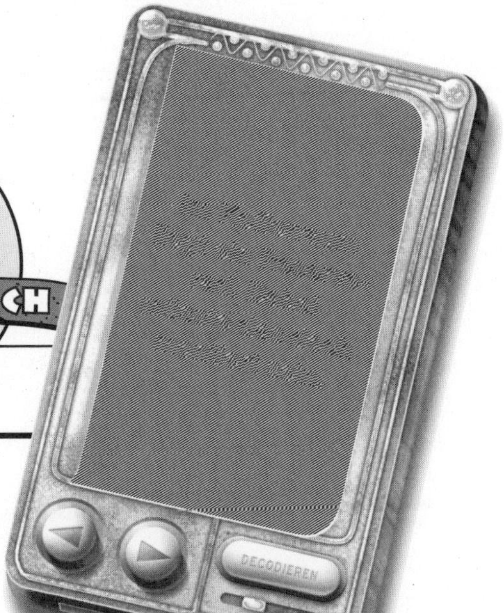

PATRICK IST SAUER

Patrick blickte dem Fußballer finster nach. „Der Typ hat sich wohl nicht von seinem Schätzchen trennen können", murmelte er. „Deswegen ist er zu spät gekommen. Und mir tischt er dieses Lügenmärchen auf. Finde ich echt gemein. Hätte ich von Uwe Grill nie gedacht."

Enttäuscht von seinem großen Vorbild verließ Patrick den Platz.

Das Geheimversteck des Tiger-Teams befand sich im Keller des China-Restaurants „Zum Goldenen Tiger". Nur die drei Freunde kannten den verborgenen Zugang, der hinter einer großen Tigerstatue lag.

Biggi und Luk warteten schon auf ihren Freund. Bevor er irgendetwas sagen konnte, überfielen sie ihn mit ihren Neuigkeiten. Patrick hörte nur mit halbem Ohr zu. Seine Gedanken waren noch immer bei Uwe Grill. Er war richtig sauer auf den Fußballer.

„Und dann sind drei Marsmenschen gelandet und haben die Scherben gefressen", erzählte Biggi.

„Echt? Das ist ja irre!", sagte Patrick ganz mechanisch.

„He, du hörst überhaupt nicht zu!", beschwerte sich seine Freundin.

„Ach, weil ich sauer bin!" Nun berichtete Patrick von der Begegnung mit Uwe Grill. „Der Typ verkohlt mich, und das kann ich nicht ausstehen."

Luk hatte dafür vollstes Verständnis. „Der Polizist hat mich auch nicht ernst genommen, als ich ihm den Schuhabdruck und das Stückchen Erde aus dem Profil zeigen wollte."

Biggi sah auf die Uhr und meinte: „Gleich kommen die Nachrichten. Vielleicht bringen sie etwas über diesen Karate-Kicker. Möglicherweise haben sie ihn schon geschnappt."

Luk hatte von einer Tante einen alten Fernsehapparat erbettelt, der im Regal stand und als Antenne einen Kleiderbügel aus Draht aufgesetzt hatte. Der Empfang war mittelmäßig, und zeitweise flimmerte das Bild sehr.

Im Augenblick lief noch eine Sendung über Klatsch aus aller Welt.

„Wie stehen eigentlich die Chancen, dass der FC Mühlheim die Meisterschaft gewinnt?“, wollte Luk wissen.

Patrick wiegte den Kopf. „Na ja, nicht schlecht. Es hängt aber sehr viel an Uwe Grill. Ist er in Topform, dann schießt er bestimmt genug Tore.“

„Und ist er zurzeit in Topform?“, fragte Biggi.

Patrick nickte heftig. „Das kann man wohl sagen.“

Im Fernsehen lief die Anfangsmelodie einer regionalen Nachrichtensendung.

Gleich die erste Meldung war dem Karate-Kicker gewidmet. Der Fall hatte großes Aufsehen erregt, aber die Polizei hatte noch keine konkrete Spur.

Später folgte ein Bericht über den FC Mühlheim und seine Siegeschancen bei der Meisterschaft. Ausschnitte aus früheren Matches wurden gezeigt, und Experten erklärten, welche Spieler besonders hervorstachen.

Leider war das Fernsehbild sehr schlecht. Es sah aus wie ein Puzzle, bei dem jemand die Teile verschoben hatte.

Als der Fernsehsprecher von Uwe Grill redete, lief der Spitzenfußballer in Streifen zerschnitten über den Bildschirm und schoss ein Tor.

Biggi stieß Luk mit dem Ellbogen an.
„He, ist dir was aufgefallen?“
Luk wusste nicht, was sie meinte.

Was sollte Luk an Uwe Grill im Fernsehen auffallen?

ÜBERFALL NUMMER ZWEI

Als Biggi laut aussprach, was ihr aufgefallen war, sah sie Patrick mit großen Augen an. „Du machst Witze!"

„Mache ich nicht. Oder, Luk?"

Ihr Freund musste zustimmen. Was Biggi gerade beobachtet hatte, stimmte. „Aber das kann auch nur Zufall sein", schränkte er sofort ein.

„Das will ich meinen!", rief Patrick aufgebracht. „Ihr könnt doch nicht behaupten, dass Uwe Grill in einen Porzellanladen rennt und dort alles zerschlägt!"

„Der Typ hatte ein Tuch vor den Augen. Das Gesicht haben wir kaum gesehen", sagte Biggi.

„Völlig unmöglich!", wiederholte Patrick. Seine Wut auf Uwe Grill war auf einmal verflogen, und er musste ihn unbedingt verteidigen.

Luk strich sich über das Kinn und starrte zur Decke. Das tat er immer, wenn er angestrengt nachdachte. „Komisch ist es aber schon: Da taucht dieser Karate-Kicker auf, und gleichzeitig erscheint Uwe Grill nicht zu einer Verabredung und hat dann nur eine fadenscheinige Ausrede."

„Vergiss das!", brauste Patrick auf. „Uwe ist doch nicht wahnsinnig!"

Am nächsten Tag geriet der Fußballer aber erneut unter Verdacht.

Der Karate-Kicker schlug nämlich wieder zu. Diesmal in einem Laden, der teure Uhren und Schmuck verkaufte. Während der geheimnisvolle Kämpfer Vitrinen zertrümmerte und mit Uhren um sich warf, als wären es Knallerbsen, löste sich die Augenbinde und fiel zu Boden.

Ein junger Verkäufer schnappte nach Luft. Er konnte einfach nicht fassen, was er sah. Seine Kollegen und der Besitzer des Ladens waren hinter der Theke in Deckung gegangen, um keine Glassplitter abzubekommen.

„Chef, das müssen Sie sehen!“, raunte der junge Verkäufer.

Sein Chef machte eine ärgerliche Handbewegung und befahl ihm, ebenfalls abzutauchen.

„Aber Chef … der Typ … das ist Uwe Grill!“, japste der Verkäufer mit hochrotem Gesicht.

„Willst du mich auf den Arm nehmen?“, zischte sein Chef, der ein glühender FC-Mühlheim-Anhänger war.

Der junge Mann schüttelte stumm den Kopf. Als sein Chef einen Blick über die Kante der Theke wagte, verließ der Karate-Kicker gerade das Geschäft. Die Augenbinde hatte er hastig wieder übergestreift. Der Ladenbesitzer konnte ihn nicht als Uwe Grill erkennen.

FRAGE AN DICH

Wie könnte der junge Verkäufer beweisen, dass er Uwe Grill gesehen hat?

DER AUSSCHLUSS

In den Abendnachrichten kam die Sensationsmeldung: Uwe Grill war der Karate-Kicker! Es wurden die Aufnahmen gezeigt, die die Überwachungskameras im Laden gemacht hatten. Ganz deutlich war Uwes Gesicht zu erkennen, nachdem er die Augenbinde verloren hatte.

Die Aufnahme wurde sogar vergrößert, und der Nachrichtensprecher sagte mit fassungsloser Stimme: „Die Gründe für die Zerstörungswut des Star-Fußballers sind weiter völlig unbekannt. Uwe Grill wurde heute am frühen Abend in seinem Haus festgenommen und wird zurzeit von der Polizei verhört."

Sprachlos hatte das Tiger-Team die Meldung verfolgt. Patrick schnappte nach Luft und rief dann: „Nein, das glaube ich nicht. Uwe Grill würde so was niemals tun, da bin ich mir ganz sicher!“

Luk schüttelte ebenfalls den Kopf. Er kannte Uwe Grill nur vom Fußballplatz und von Interviews im Fernsehen. Eine solche Wahnsinnstat traute er ihm aber wirklich nicht zu.

„Hat er vielleicht einen Zwillingsbruder, der eifersüchtig auf ihn ist?“, fragte Biggi plötzlich.

Patrick, der so ziemlich alles über den Fußballstar wusste, schüttelte entschieden den Kopf. „Nein, er hat überhaupt keine Geschwister.“

„Dann muss er es doch selbst gewesen sein“, meinte Biggi. Anders konnte sie sich die ganze Sache nicht erklären.

„Das gibt es einfach nicht!“, sagte Patrick hartnäckig.

Luk seufzte. „Die Beweise sind aber leider eindeutig.“

„Und warum sollte Uwe Grill so etwas machen?“

Biggi zuckte ratlos mit den Schultern. „Vielleicht sind bei ihm ein paar Schrauben locker?“

„Auf jeden Fall ist jetzt klar, wieso er gestern nicht zu deiner Trainingsstunde gekommen ist“, meinte Luk.

Patrick wollte es immer noch nicht glauben und beschloss, zum Fußballplatz zu radeln.

Biggi und Luk begleiteten ihn. Sie waren selbst ziemlich neugierig und wollten unbedingt mehr über den Vorfall erfahren.

Das Tor zum Trainingsplatz stand offen. Gleich rechts erhob sich ein moderner Bau aus Beton und Glas. Es war das Vereinsgebäude, in dem Garderoben und Büros untergebracht waren.

Das Tiger-Team schlich durch einen langen, stillen Flur. Gedämpft hörten sie aufgebrachte Stimmen und gingen darauf zu. Sie erreichten eine Glastür, hinter der sich ein Besprechungsraum befand. Uwe Grill lief hin und her und fuchtelte mit den Händen. Am Tisch saßen der Trainer und ein zweiter Mann mit sehr ernster Miene.

„Ich war das nicht!" Uwe schrie fast.

Patrick stieß Luk an. „Da hörst du es. Was ich gesagt habe."

Stefan Beinlauch, der Trainer, wirkte wie ein zorniger Vater. „Das Leugnen hilft doch nichts, Uwe. Sag uns endlich, wieso du so etwas tust! Nervenkitzel? Eine dumme Wette?"

Verzweifelt, weil ihm keiner glaubte, beteuerte der Fußballer fast weinend: „Ich – war – es – nicht!"

Der Mann mit dem ernsten Gesicht erhob sich. „Uwe, es ist die schwerste Entscheidung, die ich als Präsident des FC Mühlheim je zu treffen hatte: Aber du bist ausgeschlossen."

„Was?" Uwe Grill sah ihn völlig fassungslos an.

„Du hast richtig gehört. Es ist für uns ein großer Verlust und wahrscheinlich auch der Verzicht auf die Meisterschaft."

„Du hast nicht einmal Stroh im Kopf!", schimpfte der Trainer los. „Nach zwanzig Jahren wäre das der erste Meisterschaftssieg für uns. Und du musst dich wie ein Barbar aufführen und alles kaputt machen. Ich will dich nie wiedersehen!"

„Ich euch auch nicht!" Mit gesenktem Kopf stürmte Uwe Grill auf die Tür zu. Dem Tiger-Team blieb keine Zeit, sich zurückzuziehen. Der Fußballstar stolperte fast über die drei.

„Was soll das? Lauscht ihr etwa?", schrie er aufgebracht.

Biggi starrte ihn mit großen Augen an.

„Der ist anders!“, stammelte sie. „Anders als … als … der im Fernsehen.“

FRAGE AN DICH

Was ist anders am echten Uwe?

TIGER-TEAM TIPP

Schau dir die Bilder auf Seite 47 und 51 noch mal genau an!

DIE RÄTSELHAFTE EINLADUNG

Am nächsten Tag nach der Schule waren alle drei Tiger sehr aufgeregt. Sie klingelten an der Haustür von Uwe Grill. Der Fußballer öffnete persönlich, und Patrick hob erschrocken die Augenbrauen.

Uwe Grill sah ziemlich schlimm aus: Im Gesicht ganz grau, dunkle Schatten unter den Augen und die Haare verstrubbelt, als wäre er gerade erst aus dem Bett gekrochen.

Er führte die drei in ein kleines Wohnzimmer und deutete dort auf Polstersessel, die wie Fußbälle gemustert waren. „Setzt euch!"

Auf dem Couchtisch lagen die Zeitungen von heute. Jede Schlagzeile hatte mit Uwe Grill zu tun.

Jeder schien an Uwes Schuld zu glauben. Mutlos ließ der Fußballer die Schultern hängen: „Ich bin ruiniert. Total ruiniert."

„Und Sie waren es wirklich nicht?", wollte Biggi zur Sicherheit noch einmal wissen.

„Wirklich nicht!", bestätigte Uwe.

„Dann müssen Sie einen Doppelgänger haben", sagte Luk.

Uwe schüttelte den Kopf. „Nicht dass ich wüsste. Und einen Zwillingsbruder habe ich auch nicht."

„Wir haben aber etwas Interessantes entdeckt", sagte Biggi.

Uwe sah sie unendlich traurig an. „Und das wäre?"

„Der Typ, der die Überfälle begangen hat, sieht Ihnen total ähnlich, hat aber das Muttermal auf der anderen Seite."

Interessiert horchte Uwe auf.

Patrick war noch etwas anderes eingefallen: „Vor zwei Tagen, als ich mit Ihnen trainieren sollte, hatten Sie doch einen Platten."

Verlegen sagte Uwe: „Das war gelogen. Der wirkliche Grund hört sich einfach zu unglaubwürdig an. Als ich losfahren wollte, ging ich in die Garage. Es gibt eine Verbindungstür vom Haus. Ich wollte das Tor öffnen, doch es hat geklemmt. Als ich ins Haus zurückwollte, war die Tür plötzlich abgeschlossen."

Patrick hatte eine Erklärung: „Das war Absicht. Man hat Sie in der Garage eingeschlossen. Dort hat Sie natürlich keiner gesehen, und Sie haben dadurch auch kein Alibi."

„Und wo waren Sie gestern, als der Karate-Kicker zugeschlagen hat?", fragte Luk.

„Erstens könnt ihr einfach Du zu mir sagen, und zweitens war ich gestern in der alten Kaugummi-Fabrik."

„Die steht doch leer", meinte Biggi.

Uwe wurde rot im Gesicht. „Ich … ich habe eine neue Freundin. Silvi heißt sie. Sie hat immer wieder verrückte Ideen und wollte sich mit mir dort treffen. Aber sie ist nicht aufgetaucht. Ich hab sie später angerufen, und da hat sie von dem Treffen nichts gewusst."

„Wie hat sie dich eingeladen? Hat sie angerufen oder eine E-Mail geschickt?", forschte Luk weiter.

„Ich habe eine SMS bekommen", lautete die Antwort des Fußballers.

„Hast du die SMS noch gespeichert?", fragte Biggi.

Uwe nickte und holte sein Handy. Er drückte darauf herum und streckte es dem Tiger-Team entgegen.

Luk nahm es, drückte noch einmal und las die Handynummer vor, von der die SMS geschickt worden war.

„Das ist nicht die Nummer von Silvi!", rief Uwe.

„Du bist also reingelegt worden, und gleich wissen wir, von wem!" Luk wählte die Nummer und wartete gespannt. Patrick und Biggi hielten die Ohren ganz nahe ans Handy.

Sie hörten, wie abgehoben wurde, doch niemand meldete sich. Leute redeten gedämpft, dann rief jemand: „Ruhe! Und Klappe!“

Alle Stimmen verstummten, und etwas knallte. Danach wurde die Verbindung unterbrochen.

Fragend sahen die Tiger einander an. Was hatten sie da gerade gehört?

FRAGE AN DICH

Wo könnte sich der Besitzer des anderen Handys gerade befinden?

TIGER-TEAM TIPP

Wichtige Hinweise findest du auf Seite 104.

„Was hat das zu bedeuten?“, fragte Biggi die Jungen.

Luk nahm seine Brille ab und begann, sie zu polieren. „Ich habe gelesen, dass bei der Adler-Ruine ein Film gedreht wird.“

Biggi wollte sofort hinfahren. Luk gab ihr ein Zeichen zu warten und drückte auf die Wiederwahl-Taste. Diesmal meldete sich jemand mit einem gehetzten „Hallo?“.

„Ich bin's!“, sagte Luk.

Der andere – der Stimme nach war es ein Mann – stutzte.

„Thorsten?“

„Nein!“

„Ich hab keine Zeit für Ratespiele“, brauste der Mann auf. Im Hintergrund rief jemand: „He, wo bleiben die Degen?“

„Die sind doch jetzt gar nicht dran!", protestierte der Mann.

„Klar sind die in der nächsten Szene!"

„Mensch, kann mir das keiner rechtzeitig sagen?" Der Mann hatte das Mikrofon des Handys zugehalten, aber die Tiger konnten trotzdem genug hören. Er nahm das Gerät wieder hoch und fragte unwirsch: „Also, wer ist jetzt dran?"

Luk wurde die Sache zu heiß, und er legte auf.

„Nun aber los!", kommandierte Biggi.

„Was habt ihr vor?", wollte Uwe gespannt wissen.

„Es muss einen Grund geben, wieso dich dieser Typ vom Film in die Fabrik gelockt hat", erklärte Luk. „Wir versuchen, ihn zu finden, und fühlen ihm ein wenig auf den Zahn."

Das Tiger-Team radelte zur Ruine der alten Adler-Burg. Bereits am Fuße des Hügels, auf dem sie lag, war die Zufahrtsstraße abgesperrt. Ein Mann mit Schirmmütze trat den drei Freunden entgegen.

„Ihr könnt hier nicht weiter. Dreharbeiten für einen Abenteuerfilm."

Biggi gab den Jungs hinter ihrem Rücken ein Zeichen, nichts zu sagen. „Wir sind aber herbestellt worden", schwindelte sie.

„Ach, ihr seid die Komparsen!", sagte der Mann. „Alles klar!" Er nahm das rot-weiß gestreifte Band weg und ließ das Team durch.

„Was sind Komparsen?", wollte Patrick

wissen, sobald sie um die nächste Kurve gebogen waren.

„Leute, die keine Schauspieler sind und nur kleine Auftritte haben, zum Beispiel als Fahnenträger“, erklärte Luk.

Rund um die Ruine herrschte geschäftiges Treiben. Die Tiger sahen Pferde und Musketiere. Auf einem hohen Podest aus

Holz standen Kameramann und Kamera. Eine Frau schleppte Berge von Kostümen, in einem Zelt wurde geschminkt.

„Und wo ist der Typ, mit dem du telefoniert hast, Luk?“, fragte Biggi.

FRAGE AN DICH

Wer könnte der Mann sein?

TIGER-TEAM TIPP

Schau dir das Bild auf Seite 64/65 noch mal genau an!

SCHMINKE FÜR JUNGEN

Die drei Tiger waren sich nicht einig, ob sie den Richtigen gefunden hatten. Auf einmal aber grinste Luk, holte sein Handy aus der Tasche und wählte die Nummer, von der die SMS gekommen war. Zum Glück hatte er ein ausgezeichnetes Gedächtnis.

Ein Stück vom Team entfernt spielte ein Handy eine fetzige Melodie. Der Mann mit den Degen holte es umständlich aus seiner Hosentasche und nahm ab. Schnell drückte Luk auf die Taste mit dem roten Hörer und beendete den Kontakt.

„Das war ein absoluter Volltreffer", stellte er zufrieden fest.

„Und jetzt?" Patrick sah Luk und Biggi fragend an.

„Wir beschatten ihn!", schlug Biggi vor.

Ein Mann, der an ein Fässchen auf Beinen erinnerte, huschte auf das Tiger-Team zu. „Da seid ihr endlich! Los, hopp, hopp, umziehen und dann ab in die Maske! Ihr seid in einer halben Stunde an der Reihe."

„Der hält uns für die Komparsen", raunte Luk den anderen zu. „Spielt mit!"

Die Tiger wurden in ein Zelt geführt, wo ihnen eine Frau Kostüme reichte: Samtanzüge mit riesigen weißen Spitzenkragen für die Jungen und ein goldgelbes Kleid mit einem Rock, der weit nach links und rechts abstand, für Biggi.

Biggi musste lachen, als sie Luk und Patrick in den Anzügen sah. „Wie zwei brave Jungs vor dem Besuch bei der alten Tante", spottete sie.

„An deiner Stelle wäre ich ganz still! Du mit deinem Mini-Zelt", knurrte Patrick.

Der Fässchen-Mann kam hereingestürmt und scheuchte die drei weiter in ein Zelt nebenan. „Ihr werdet jetzt geschminkt", kündigte er an.

„Nein, ich nicht!", wehrte sich Patrick. „Niemals! Ich bin doch kein Mädchen."

Der Fässchen-Mann war unerbittlich: „Schminken muss sein, sonst glänzt du wie eine Speckschwarte."

Widerstrebend betrat Patrick das Zelt, wo ein Mann gerade einer Dame das Gesicht puderte.

„Christian, unser Maskenbildner", stellte der Fässchen-Mann vor. Er ließ das Tiger-Team einfach stehen und wieselte davon.

„Ich bin gleich bei euch", versprach Christian und tuschte der Dame die Wimpern. Als er fertig war, deutete er einladend auf den Stuhl. Da die Jungen zögerten, setzte sich Biggi als Erste darauf. Allerdings konnte sie es sich nicht verkneifen, vorher „Feiglinge“ in die Richtung ihrer Freunde zu zischen.

Christian puderte und pinselte, bis Biggi wie eine kleine Kaiserin aussah.

„Und jetzt du!", sagte er, nachdem Biggi aufgestanden war, und zeigte auf Patrick. Der schlug erschrocken die Hand vor den Mund.

„Stell dich nicht so an, so schlimm ist es nicht!", raunte ihm Biggi zu.

Doch Patrick war über etwas ganz anderes erschrocken.

Christian folgte Patricks Blick, erkannte, was dieser sah, und zog energisch die Vorhänge zu.

„Setzen, ich habe nicht so viel Zeit!“, befahl er.

Hilfe suchend wandte sich Patrick an seine Freunde.

„Was haben Sie da im Schrank?“, fragte Biggi und versuchte, so unschuldig und ahnungslos wie möglich zu klingen.

„Masken für einen anderen Film“, lautete die ausweichende Antwort. „Geht euch aber nichts an, verstanden? Hände weg!“

Patrick saß stocksteif da und ließ über sich ergehen, dass Christian ihm eine mächtige Puderwolke ins Gesicht staubte.

Biggi verließ das Zelt und überlegte fieberhaft, wie sie den Maskenbildner ein wenig ablenken konnte.

Der Fässchen-Mann stand mit drei Kindern zusammen, die genauso alt sein mussten wie die Tiger, und schien in ein aufgeregtes Gespräch vertieft. Biggi zuckte der Schreck durch alle Glieder: Das waren die echten Komparsen. Gleich würde auffliegen, dass sich die Tiger nur eingeschmuggelt hatten. Sie lief ins Zelt zurück und rief: „Christian, du sollst schnell kommen. Dort vorn … der Musketier … sein Bart!"

Der Trick klappte. Christian schnappte sich ein kleines Fläschchen und lief los.

Sofort war Luk am Schrank und riss den Vorhang zur Seite. Das schlaffe Gummigesicht von Uwe glotzte ihm mit leeren Augen entgegen. Ohne lange zu überlegen, riss Luk es vom Styroporkopf, über den es gezogen war, und stopfte es in seine Tasche.

„Wir verziehen uns besser“, sagte Biggi drängend. „Sonst bekommen wir mächtig Ärger.“

Die drei verließen das Zelt durch einen zweiten Ausgang. Kaum war der Stoff hinter ihnen zugeklappt, hörten sie die Stimme des Fässchen-Mannes: „Na, die können was erleben. Schleichen sich hier einfach ein …“ Er stutzte und sagte: „Wo sind sie hin?“

Die Tiger holten sich schnell ihre Klamotten, verschwanden hinter den Büschen, zogen sich um, ließen die Filmkostüme zurück und kletterten über einen schmalen, steilen Pfad den Hügel hinunter.

„Uwe ist unschuldig. Ein anderer hat die Gummimaske getragen und die Läden zertrümmert", kombinierte Luk.

„Dieser Mann mit den Degen und Christian stecken vielleicht unter einer Decke", meinte Patrick.

„Falls das so ist, wäre interessant zu wissen, warum sie Uwe fertigmachen wollen", überlegte Luk laut.

Biggi hatte einen Vorschlag: „Wir warten am Ende der Zufahrtsstraße zur Ruine, bis Christian und der andere herunterkommen. Dann heften wir uns an ihre Fersen."

Die Jungen fanden die Idee nicht schlecht.

„Das kann aber noch lange dauern“, warnte Luk. Er warf einen Blick auf seine Armbanduhr. „Ich muss los, Befehl von meiner Mutter. Irgendeine Tante kommt zu Besuch, und ich soll ihr vorgeführt werden.“

„Dann fahr, wir machen das allein. Wenn wir was rausfinden, melden wir uns“, versprach Biggi.

Luk winkte ihnen zum Abschied zu und radelte nach Hause.

Versteckt hinter einem parkenden LKW, legten sich die anderen beiden Tiger auf die Lauer.

Zwei Stunden vergingen, in denen weder ein Mensch noch ein Fahrzeug den Weg von der Ruine herunterkam. Danach aber ging es Schlag auf Schlag. Die Dreharbeiten schienen beendet zu sein.

CREW

Eine Kolonne von Fahrzeugen rollte den Hügel herab.

Aber wo war der Mann mit dem Handy? Und wo Christian?

Wo sind die beiden?

TREFFPUNKT PARKPLATZ

Patrick nahm sich Christian vor, Biggi den Mann mit dem Handy. Um diese Zeit war viel Verkehr in der Stadt, weshalb er mit dem Motorrad nur langsam vorankam. Biggi folgte ihm auf dem Fahrrad mit sicherem Abstand.

Patricks Fahrt war bald zu Ende. Christian, der Maskenbildner, kehrte in einer Kneipe ein, stellte sich an den Tresen und bestellte ein Bier. Er leerte das große Glas in einem Zug. Als er bezahlte, zog er ein ganzes Bündel Banknoten heraus.

Verwundert runzelte Patrick die Stirn. Warum schleppte ein Maskenbildner so viel Geld mit sich herum?

Der Mann, dem Biggi auf der Spur war, schien es eilig zu haben. Er nutzte jede

Gelegenheit, um zwischen den nur langsam rollenden Autos schneller voranzukommen. Dazu fuhr er Slalom, kümmerte sich nicht um das wütende Hupen rundherum und bog schließlich in eine Nebengasse ein.

An der Ecke hielt Biggi an und spähte ihm nach.

Das Ziel des Mannes schien ein großer Parkplatz bei einem Supermarkt zu sein. Wollte er etwa einkaufen gehen?

Biggi folgte ihm und reckte den Hals. Sie sah den Mann am hintersten Ende des Platzes neben einem schwarzen Wagen halten. Er stieg ab, öffnete die Beifahrertür und ließ sich auf den Sitz fallen. Biggi lehnte ihr Rad an eine Mauer und schlich an den Wagen heran. Sie wollte sehen, wer der Fahrer war. Um bestimmt nicht entdeckt zu werden, ging sie tief geduckt zwischen den Autos durch.

Sie war schon ziemlich nahe an dem Wagen, als sie hörte, wie er gestartet wurde. Der Motor heulte auf, und der Wagen raste mit hoher Geschwindigkeit aus der Parklücke. Biggi sah ihn gerade noch vorbeifahren. Erkennen konnte sie nichts. Als sie aufsprang, um sich das

Kennzeichen einzuprägen, stieß sie gegen einen Mann, der mit zwei vollen Tüten im Arm gerade aus dem Supermarkt gekommen war. Er stolperte, ließ die Tüten fallen, und eine Flut aus Früchten und Gemüse ergoss sich über den Gehsteig.

„Hast du keine Augen im Kopf?", schimpfte er los.

Biggi sprang in die Höhe, um vom schwarzen Wagen noch etwas zu sehen, doch er war bereits im Straßenverkehr verschwunden.

Der Mann vom Film stand auf dem Parkplatz. Er hatte einen dicken Umschlag in der Hand, den er unter seine Jacke steckte. Dann schwang er sich auf sein Motorrad.

Um den Mann, den sie angerempelt hatte, zu besänftigen, half Biggi beim Einsammeln der Früchte.

Ist dir am schwarzen Wagen etwas aufgefallen?

Ob diese Beobachtung weiterhalf?

Biggi rief noch von unterwegs Luk an und berichtete, was sie gesehen hatte. „Es war eine Geldübergabe. Ich bin ziemlich sicher. Und der Typ im schwarzen Wagen ist der Auftraggeber der ganzen Sache."

Luk hatte sofort einen Verdacht: „Bestimmt jemand von der gegnerischen Mannschaft, die auch um den ersten Platz kämpft."

„Kann gut sein!", stimmte Biggi zu.

Später meldete sich auch Patrick bei Luk. Er hatte ein interessantes Gespräch belauscht. Christian hatte mehrere Gläser Bier getrunken und war danach sehr redefreudig geworden. Lallend hatte er dem Wirt erzählt, dass er Doppelgänger erschaffen könne. Seine Masken seien lebensecht, allerdings brauche er manchmal mehrere Anläufe. Sein guter Freund Xandi, der die Requisiten beim Film betreute, habe die neueste Maske verliehen und dafür ein Vermögen kassiert. Heute bekäme er die Maske zurück und erhielte dafür noch mal Geld.

Luk lachte trocken. „Ziemlich dämlich, dieser Christian. Damit ist klar, dass wir nur ein frühes Modell der Uwe-Maske im Zelt gesehen haben. Aber das reicht auch."

„Stellt sich nur die Frage, wer die Maske getragen hat!", meinte Patrick.

Nachdem sich Luk von seiner Tante Adelheid hatte herzen und küssen lassen, durfte er zum Glück in sein Zimmer. In seiner Spezialtasche fand er das Säckchen mit

der getrockneten Erde, die der Karate-Kicker im Porzellanladen verloren hatte. Luk nahm ein Stückchen heraus, legte es auf weißes Papier und zerdrückte es vorsichtig mit einer Pinzette. Er untersuchte ein paar Körnchen unter dem Mikroskop und stellte fest, dass es sich um roten Sand handeln musste. Roter Sand hatte also im Profil des Schuhs gesteckt, den der Karate-Kicker getragen hatte …

Am nächsten Tag wühlte Luk im Geheimversteck des Tiger-Teams in einer Truhe. In diese legten die drei Freunde alles mögliche Zeug, das sie daheim nicht mehr brauchen konnten, aber auch nicht wegwerfen wollten.

Endlich fand er, was er suchte: ein Stickeralbum, das Patrick angelegt hatte. Es enthielt die berühmtesten Fußballspieler und auch Aufnahmen der Fußballplätze der verschiedenen Mannschaften. Luk sah ein Bild nach dem anderen an. Bei einem blieb sein Finger stehen. Der rote Sand hatte ihn auf einen Verdacht gebracht.

„Das kann doch einfach nicht wahr sein!“, murmelte er.

VOLLTREFFER!

Patrick und Biggi trafen im Geheimversteck ein, und Luk erzählte ihnen sofort, was er herausgefunden hatte.

„Kann ich mir nicht vorstellen", sagte Patrick sofort. „Der Sportclub Rabenfeld hat mit dem FC Mühlheim und Uwe Grill nichts zu tun. Das Finalspiel der Meisterschaft findet gegen einen ganz anderen Verein statt."

„Der rote Sand kann nur von einem Tennisplatz stammen", beharrte Luk auf seiner Meinung.

„Ja, schon", stimmte Patrick zu, „aber es gibt noch mehr Tennisplätze."

Biggi hatte eine Idee. Sie griff zum Telefon und wählte die Handynummer von Uwe Grill. Er hatte die Tiger gebeten, ihn sofort zu verständigen, wenn sie mehr wussten.

„Tag, Uwe", hörten die Jungen Biggi in den Hörer sagen. „Gibt es beim Sportclub Rabenfeld vielleicht jemanden, der dich nicht leiden kann?" Sie hörte eine Weile gespannt zu, und ihrer Miene war anzusehen, dass sie etwas Interessantes und Wichtiges erfuhr. „Aha", sagte sie immer wieder.

Patrick und Luk bedeuteten ihr, schneller zu machen.

„Alles klar, wir melden uns wieder!", beendete Biggi das Gespräch.

„Und, was ist los?", bestürmten sie die Jungen.

„Volltreffer!", gratulierte Biggi Luk. „Der Präsident des Sportclubs Rabenfeld wollte Uwe unbedingt für seine Mannschaft haben. Uwe hat aber abgelehnt, obwohl man ihm unglaublich viel Geld geboten hat. Das ist schon eine ganze Weile her, aber dieser Präsident hat gedroht, dass Uwe seinen Entschluss eines Tages bereuen werde!"

„Diesen Präsidenten sehen wir uns einmal aus der Nähe an!", entschied Luk, und die anderen beiden nickten.

Der Sportclub Rabenfeld befand sich in der Nachbarstadt. Das Tiger-Team musste bis zum Wochenende warten und mit dem Zug hinfahren. Als sie endlich zu dem Fußballplatz kamen, fand dort gerade ein Match statt. Die Zuschauertribünen waren jedoch fast leer. Luk kaufte drei Eintrittskarten, die zum Glück ermäßigt waren, weil die Tiger ihre Schülerausweise zeigen konnten.

Sie fanden Platz in einer vorderen Reihe, von wo aus sie einen guten Blick zur Bank am Rand des Spielfelds hatten. Dort saßen vier Männer in rot-weißen Trainingsanzügen. Sie feuerten die Mannschaft an, schimpften immer wieder lauthals, schlugen sich auf die Stirn und waren mit den Spielern überhaupt nicht zufrieden.

„Kann einer von denen der Karate-Kicker gewesen sein?“, fragte Luk seine Freunde.

Welcher der vier Männer könnte der Karate-Kicker gewesen sein?

EINE FALLE FÜR DEN PRÄSIDENTEN

Biggi stellte sich neben einen der wenigen, gelangweilten Fans der Mannschaft. Die Jungen sahen, wie sie auf den Mann zeigte, der als Einziger die Figur des Karate-Kickers hatte. Der Mann antwortete auf Biggis Frage und schien dabei nicht sehr begeistert zu sein.

„Ja, das ist der Präsident des Sportclubs“, sagte Biggi, als sie zu den Jungen zurückkehrte.

„Trotzdem reicht das noch nicht aus!“, jammerte Luk. „Wir haben nur einen Verdacht, aber keinen handfesten Beweis.“

„Das Auto!“, fiel Patrick ein. „Wenn er den schwarzen Wagen mit den Aufklebern fährt …“

„Reicht immer noch nicht!“, sagte Luk. „Es ist nicht verboten, sich mit jemandem zu treffen. Auch nicht mit Xandi vom Film.“

„Dieser Xandi war zweifellos der Helfer“, meinte Biggi. „Er hat dafür gesorgt, dass Uwe in der Garage eingesperrt war. Und einen Tag später hat er ihn zur Fabrik gelockt.“

„Der Typ hat auf jeden Fall absichtlich vor der Überwachungskamera die Augenbinde fallen lassen, damit sein falsches Gesicht aufgenommen und gezeigt wird“, kombinierte Patrick.

Luk holte seinen MP3-Player aus der Tasche und drückte auf „Aufnahme“. Dann schob er sich nach vorn an die Bande hinter der Trainerbank und tippte dem Präsidenten des Fußballclubs auf die Schulter.

Es war ein hagerer Mann mit grauen Schläfen und kleinen, kalten Augen.

„Was soll das?“, fuhr er Luk wütend an.

„Können Sie denn Karate?“, fragte Luk und hielt ihm den MP3-Player vor die Nase.

„Nein, wieso?“

„Haben Sie schon mal eine Gummimaske getragen?“

„Hör mal, was redest du da?“

„Viele Grüße von Xandi!“

„Wer? Kenn ich nicht!“

„Wir haben Sie geknipst, als Sie ihm das Geld übergeben haben.“

Der Präsident wurde weiß im Gesicht. „Was? Bist du verrückt? Ich verstehe kein Wort."

„Sie sind der Karate-Kicker! Sie wollen Uwe Grill fertigmachen, weil er nicht in Ihren Verein gewechselt ist!", schleuderte ihm Luk an den Kopf.

„Was quatschst du da? Unerhört! Hau ab, sonst lasse ich dich rauswerfen!", drohte der Präsident.

„Sie fahren ein schwarzes Auto!", setzte Luk unbeirrt fort.

„Es reicht. Befreit mich von diesem Wahnsinnigen. Schwarze Autos gibt es wie Sand am Meer. Vor einem Supermarkt erst recht. Und jetzt halt die Klappe, sonst handelst du dir viel Ärger ein."

„Die Idee, als Karate-Kicker aufzutreten, war wirklich irre. Spielen Sie auch Tennis, und haben Sie was mit den Plätzen zu tun?"

Es sah aus, als würde der Präsident gleich explodieren. „Klar, die Plätze gehören mir. Und jetzt Schluss mit der Fragerei!"

Luk schaltete die Aufnahme ab und grinste zufrieden. Der Präsident hatte sich verraten. Und Luk hielt den Beweis in den Händen.

Noch am selben Tag wurden der Präsident des Sportclubs Rabenfeld, Xandi und Christian festgenommen. Alle drei leugneten die Tat, verstrickten sich beim Verhör aber schnell in Lügen und wurden bald überführt.

Am Montag waren alle Zeitungen voll mit Berichten, die Uwe Grill entlasteten. Es gab jede Menge Entschuldigungen und große Interviews, in denen er gefeiert wurde.

Beim Tiger-Team bedankte sich der Fußballer viele Male. Zu Patrick sagte er: „Als Belohnung kannst du sooft zu mir ins Training kommen, wie du willst!"

Biggi hob die Hand. „Moment! Du kannst nicht die ganze Zeit nur kicken. Es gibt sicher bald einen neuen Fall, und da brauchen wir dich!"

„Dann lege ich eine Pause ein!", versprach Patrick lachend.

Wieder einmal hatte sich das Motto des Tiger-Teams bewahrheitet:

„Wir sind Tiger,
wir sind toll,
lösen jeden Fall,
jawolll!"

FRAGE AN DICH

Wie hat sich der Präsident verraten?

N
FALLKARTE
S
DAS 4. TIGER-TEAM-MITGLIED
(DEIN NAME)
LÖSTE DIESEN FALL ...
SEHR GUT
SPITZE!
GUT
MITTEL
SCHWACH

TIGER-TEAM
Tipps &
Training

Filmklappe

„Klappe ... und Action!“, hört man bei Dreharbeiten häufig. Doch was ist damit eigentlich gemeint? Sollen etwa alle Leute die Klappe halten? Wohl eher nicht! Nein, mit „Klappe“ ist die Filmklappe gemeint, die vor die Kamera gehalten werden muss. Beim Film ist es nämlich so, dass Ton und Bild mit unterschiedlichen Geräten aufgenommen werden. Später, wenn der Film geschnitten wird, müssen Ton und Bild dann ganz genau zusammenpassen. Und damit am Ende nicht alles durcheinandergerät, benötigt man die Filmklappe. Auf ihr stehen alle wichtigen Informationen. Zum Beispiel die Nummer der Szene, der Einstellung und der Aufnahme. So kann man die beste Aufnahme schneller wiederfinden.

Musketiere

„Einer für alle – alle für einen!“ Diesen berühmten Ausruf hast du wahrscheinlich schon mal gehört, oder? Er stammt aus dem Buch „Die drei Musketiere“ von Alexandre Dumas. In der Geschichte geht es um die Freunde D'Artagnan, Aramis, Porthos und Athos, die gemeinsam für den französischen König kämpfen. Das Wort „Musketier“ kommt übrigens aus dem Französischen. Bis zum Ersten Weltkrieg wurden so Soldaten bezeichnet, die mit Musketen bewaffnet waren. Musketen sind schwere, lange Gewehre, die heute nicht mehr benutzt werden.

Karate

Karate ist eine uralte Kampfkunst zur Selbstverteidigung. Dabei werden Arme, Beine und Körper trainiert. Das Wort kommt aus Japan und bedeutet so viel wie „der Weg der leeren Hand". Beim Karate werden nämlich keine Waffen eingesetzt. Stattdessen benutzen die Gegner ihre Fäuste, Handkanten, Ellbogen, Knie und Füße. Nach einem besonders kräftigen oder schnellen Schlag stößt der Kämpfer einen Schrei aus. Dieser Karate-Schrei nennt sich „Kiai" und sorgt dafür, dass der Körper weiterhin angespannt bleibt. Außerdem soll dem Gegner durch das laute Brüllen natürlich auch Angst eingejagt werden. Auf der gegenüberliegenden Seite siehst du zwei bekannte Karate-Stellungen.

KIBA-DACHI

WIRD REITERSTELLUNG GENANNT, DA DIE BEINE SO GEÖFFNET WERDEN, ALS SÄSSE MAN AUF DEM RÜCKEN EINES PFERDES. DIE FÜSSE SIND DABEI PARALLEL.

SHIKO-DACHI

DIESE POSITION ÄHNELT DEM KIBA-DACHI. DIE FÜSSE SIND JEDOCH NACH AUSSEN GERICHTET.

Maskenbildner

Hast du dich schon mal darüber gewundert, warum Schauspieler im Film häufig ganz anders aussehen als im echten Leben? Daran sind die Maskenbildner schuld. Ihre Aufgabe ist es nämlich, die Schauspieler zu schminken und zu frisieren. Oftmals müssen sie einen Menschen sogar in etwas vollkommen anderes verwandeln, zum Beispiel einen jungen Menschen in einen sehr alten. Dafür verwenden sie Masken, Modelliermasse und andere Hilfsmittel wie Perücken oder falsche Bärte. Und schon wird aus einer wunderschönen Frau ein schreckliches Monster!

Biggi ist schnell, Luk schlau und Patrick stark wie ein Tiger. Wie viel Tiger-Team steckt in Thomas Brezina? Hier erfährst du es!

© Asia Werbel

Wie Biggi gibt Thomas nie auf. „Immer einen Weg finden, wie etwas gelingen kann!", das ist sein Motto.

Wie Luk begeistert sich Thomas für technische Sachen, besonders für Uhren. In seiner Sammlung hat er sogar eine, die rückwärtsläuft. Und was für Luk die Spezialtasche ist, sind für Thomas sein Laptop und sein iPhone, die er als elektronische Notizbücher nutzt. Darin hat er über 3000 Ideen eingetragen.

Wie Patrick treibt Thomas gern Sport. Er mag Badminton, Boot fahren und am Strand spazieren gehen.

Detektivgeschichten wie die des Tiger-Teams hätte er als Kind gern selbst gelesen. „Das Lesen meiner Geschichten soll immer ein Abenteuer sein!", das ist sein Wunsch. Thomas wurde am 30. Januar geboren. Er lebt in Wien und London. Bis heute hat er schon mehr als 550 Bücher geschrieben, die Kinder auf der ganzen Welt, in China, Brasilien, Korea …, begeistern. In China wurde ihm der Titel „Meister der Abenteuer" verliehen.

EIN MINI FALL FÜR DICH UND DAS

TIGER-TEAM

Vorgeschmack auf den
Drachentöter-Fall

Rate-Krimi-Serie von
THOMAS BREZINA

Illustrationen von
Naomi Fearn

Schneiderbuch
EGMONT

SPUK IN DER GEWITTERNACHT

„Und manchmal, in stürmischen Gewitternächten, spukt der Geist des Drachentöters durch die Gänge der Burg!“, erzählte die alte Dame. Sie führte die Schulklasse von Patrick, Luk und Biggi durch die Hallen und Zimmer von Burg Bärenstein. Im Augenblick stand sie neben

einer seltsamen Rüstung, die nicht silbern glänzte, sondern große rote Flecken hatte. Sie zeigte darauf und sagte: „Das ist sie, die Rüstung des Drachentöters!“

Die Jungen und Mädchen hörten gespannt zu. Manche verzogen das Gesicht, weil die roten Flecken wie Blut aussahen. Andere blickten zu dem Bild hoch, auf dem ein Ritter in der Rüstung zu sehen war, der gerade einen Drachen erlegt hatte. Stolz hatte er den Fuß auf den grünblauen, schuppigen Körper gestellt.

„Warum musste der den armen Drachen gleich umbringen?", raunte Biggi ihren beiden Freunden zu.

Patrick verdrehte die Augen. „Du hättest ihn wohl in einen Vogelkäfig gesperrt, oder was?"

„Und du denkst anscheinend nur ans Zuschlagen!", feuerte Biggi zurück.

„Wieso spukt denn der Geist des Drachentöters in der Burg?", wollte ein Junge wissen.

„Gute Frage!", lobte die Dame mit dem dicken grauen Zopf. „Die Sage erzählt, dass der Ritter nach dem Sieg hochmütig wurde. Er wollte, dass alle Welt ihn bewunderte, und verachtete die anderen Ritter. An einem Abend sollen drei Bettler zur Burg gekommen sein. Sie baten um Brot, doch der Drachentöter ließ sie fortjagen."

„Mieser Typ", brummte Biggi.

„Schwarze Wolken sollen aufgezogen sein, ein Gewitter brach los, und aus dem Himmel fuhr ein Blitz zur Erde. Er traf den Drachentöter, der auf dem höchsten Turm stand und darüber lachte, wie die Bettler eilig das Weite suchten." Die Frau legte eine kurze Pause ein und ließ den Blick über die gespannten Gesichter der Klasse wandern. „Es wird erzählt, dass der Drachentöter – wie jeden Tag – seine Rüstung trug. Der Blitz schlug ein, und als die Knappen ihrem Herrn zu Hilfe kommen wollten, war nichts mehr von ihm zu finden. Nur die Teile der Rüstung lagen auf dem Boden."

Ein staunendes Raunen ging durch die Gruppe.

„Seit damals wandelt der Geist des Drachentöters in Gewitternächten durch die Burg. Er jammert, heult und wimmert, doch niemand kann ihm helfen."

DOING!, tönte es blechern durch den Raum.

Alle zuckten erschrocken zusammen.

„Die Rüstung … der Arm … er hat sich bewegt!“, rief ein Junge aufgeregt.

„Das hab ich auch gesehen“, flüsterte Patrick.

„Hört auf! Wollt ihr etwa sagen, es spukt?“ Biggi schüttelte den Kopf.

Luk sah sich um und hatte eine andere Erklärung.

ALARM!

Herr Nikols, der Geschichtslehrer, schlich sich leise von hinten an Mark heran.

So unauffällig wie möglich hob der Junge erneut seine Steinschleuder, zielte auf den Helm der Rüstung und wollte dann schießen.

Doch er kam nicht dazu. Herr Nikols nahm ihm mit einem schnellen Griff die Schleuder ab und steckte sie mit grimmigem Blick ein. Mark machte ein verlegenes Gesicht.

Die Dame mit dem grauen Zopf klatschte in die Hände und rief: „Zum Abschluss der Besichtigung besuchen wir noch die Folterkammer im Keller."

„Endlich mal was Spannendes", hörte das Tiger-Team Mark sagen.

Die drei blieben noch einmal vor der geheimnisvollen Rüstung stehen und betrachteten sie verwundert. Vom Helm standen wilde Zacken ab, der Brustpanzer bestand aus großen Schuppen, und die Arm- und Beinteile hatten lange Spitzen an den Ellenbogen und Knien.

„Die roten Flecken finde ich eklig", erklärte Biggi.

„Reg dich ab, Blut kann das nicht sein. Das wäre braun und außerdem nach so vielen Jahren längst abgefallen", beruhigte Luk sie.

Die Klasse war bereits mehrere Zimmer weiter, und das Tiger-Team musste sich beeilen. Als sie die Treppe erreichten, hörten sie hinter sich eine Alarmanlage aufheulen. In dem Raum, in dem sich die Drachentöter-Rüstung befand, blinkte eine rote

Signallampe. Biggi und Luk liefen zurück, Patrick folgte zögerlich.

Der Saal sah aus wie vorher. Die Tiger konnten nichts Besonderes entdecken.

„Bestimmt hat nur eine Maus den Alarm ausgelöst", meinte Luk.

Keuchend kam die Dame mit dem grauen Zopf in den Raum gestürzt. Sie steckte einen Schlüssel in ein Kästchen neben der Tür, und augenblicklich war der Alarm zu Ende. „Habt ihr die Rüstung angefasst?", fuhr sie das Tiger-Team an.

Energisch schüttelten die drei den Kopf. „Nein, haben wir nicht!"

„Die Sirene geht nur los, wenn jemand ein Teil in die Hand nimmt!"

Hinter der Frau tauchte nun auch Herr Nikols auf.

„Was ist denn hier für eine Aufregung?“, wollte er wissen.

„Ihre Schüler haben nicht gerade sehr viel Benehmen!“, beschwerte sich die Frau. „Diese drei haben an der Rüstung herumgespielt.“

„Das ist nicht wahr! Wir waren schon an der Treppe, als der Alarm losging!“, verteidigte Biggi sich und die anderen.

Wer kann den Alarm ausgelöst haben?